紫寮烟雨吟

ZILIAO
YANYUYIN

◎ 李晓帆 著

中国书籍出版社
China Book Press

图书在版编目（CIP）数据

紫寮烟雨吟 / 李晓帆著. -- 北京：中国书籍出版社, 2023.9
（黄河诗阵丛书）
ISBN 978-7-5068-9594-1

Ⅰ.①紫… Ⅱ.①李… Ⅲ.①诗集 – 中国 – 当代 Ⅳ.①I227

中国国家版本馆CIP数据核字（2023）第179958号

紫寮烟雨吟

李晓帆　著

责任编辑	王志刚
责任印制	孙马飞　马　芝
封面设计	李中安
出版发行	中国书籍出版社
地　　址	北京市丰台区三路居路97号（邮编：100073）
电　　话	（010）52257143（总编室）　（010）52257140（发行部）
电子邮箱	eo@chinabp.com.cn
经　　销	全国新华书店
印　　刷	兰州银声印务有限公司
开　　本	787毫米×1092毫米　1/16
字　　数	2223千字
印　　张	193.5
版　　次	2023年9月第1版　2023年9月第1次印刷
书　　号	ISBN 978-7-5068-9594-1
定　　价	480.00元（全10册）

版权所有　翻印必究

总序

张平生

万古黄河，导夫昆仑之麓，通乎星宿之源；迢迢九派，落落千秋，珠怀龙啸，风流环宇。晴光淑气，倩诗家椽笔，情抒黄河，绮霞浮彩。伴着滔滔河声，闻着浓郁果香，《黄河诗阵丛书》即将付梓。

结社黄河，诗朋荟萃，以诗成阵。为贯彻落实习近平总书记关于黄河流域生态保护和高质量发展重要论述精神，深入挖掘黄河文化蕴含的时代价值，讲黄河故事，延续历史文脉，坚定文化自信，为实现中华民族伟大复兴的中国梦凝聚精神力量，用中华诗词之妙笔，奏响"黄河大合唱"的时代强音。

黄河，是中华民族的母亲河。九曲黄河，奔腾向前，以百折不挠的磅礴气势，塑造了中华民族自强不息的民族品格，是中华民族坚定文化自信的重要根基，是中华文化的重要元素。上善若水，文明与河流是密切相关的。世界上最大的文明产生地都与河流密切相关。黄河在我国流经九省区，全长5464公里，流域面积约752443平方公里。早在上古时期，炎黄二帝的传说就产生于黄河流域。在我国五千多年文明史上，黄河流域有三千多年是全国政治、经济、文化中心，它孕育了河湟文化、河洛文化、关中文化、三晋文化、齐鲁文化等，诞生了"四大发明"和《诗经》《老子》《史记》等经典著作，留下了无与伦比的文化积淀。

　　中华民族自古以来是诗的国度、诗的沃土，从"蒹葭苍苍，白露为霜"，到"大漠孤烟，长河落日"；从"雄关漫道"，到"六盘山上高峰"，长城迤逦，雄关巍峨，"西北有高楼"，阳关多故人。千百年间，对黄河之赞美，咏潮迭起，佳作浩繁，蔚为大观。黄河落天走东海，万里写入胸怀间。在黄河涛声孕育之中，千百年来留下无数荡气回肠的诗篇。神州诗人兴起，四海词骚蔚然。《黄河诗阵丛书》挟时代浪潮，深情讴歌黄河文化蕴含的时代价值，为黄河流域生态文明建设和高质量发展助力。吟肩结阵，鸾凤和鸣；结社耕耘，风雅颂扬；登坛贡赋，珍珠万斛。沉潜韵海，多发清越之声；寄意风韵，更赋壮遒之词。

　　编辑出版《黄河诗阵丛书》，以古典诗、词、曲、赋、联的形式，大视域、全流域反映黄河自然、人文特色，谱写出新时代人民治黄事业的全新篇章，影响必将遍及黄河流域，并辐射至神州大地甚至海外。万首高吟兮堪入画图，百年佳景恰逢金秋。这不仅是黄河文化建设者的骄傲，更是黄河文化在当代继承发扬光大的重要标志。

　　弘扬黄河精神，传承黄河文化，讲述黄河故事，反映黄河新声。以诗词讴歌中华民族治黄事业的历史新境界，谱写黄河在中华民族发展新时代的辉煌乐章，是保护、传承、弘扬黄河文化的重要举措。回望万古黄河，壮美磅礴是民族品格；平视当今世界，百折不挠是华夏写照。华夏子孙对黄河的感情，正如胎记一般地不可磨灭。

诗自芳春连暮雪，友从青藏到东营。乾坤四季，万里疆域，无不充盈诗情画意，友情祝愿。"逝者如斯夫，不舍昼夜。"万古黄河静静流淌，以《诗经》无邪之音，高唱中华文化之博大精深，阳刚正气。诗人词家之脉搏，同母亲河之脉搏一起跳动，那是绵延不断的民族颂歌。中华民族秉黄河精神，奋斗不息，意气风发。诗家当有大情怀，珍惜人生，牢记初心。抑工部之高节，抒青莲之胸臆，咏盛世之辉煌，颂人间之美好。五千里外沧桑，九转峰头岁月。歌随波涛涌，诗流日月边。吟啸一曲，黄河梦远。此时无限意，再逐雨花天。

"龙文百斛鼎，笔力可独扛"，千古江山还要文心滋养。"没有优秀历史传统，没有民族人文精神，一个国家、一个民族，不打就垮。"这就是文化的力量。无论阳春白雪，抑或下里巴人，诗人们挺直脊梁，尽管身如草芥，仍然傲立于天地间，"苔花如米小,也学牡丹开"。仰观俯察，吐曜含章，把一腔情怀付诸笔端，发言为文为诗，不仅为人民群众留下了温润心灵、启迪心智、喜闻乐见的优秀作品，还彰显了中华传统文化的魅力，极大丰富、不断拓展着传统文化艺术的内涵。更让自然风光与诗文合璧，光华霁月与诗心交融，是诗人之幸，山川之幸，更是中华文化之幸。

"雄关漫道真如铁，而今迈步从头越。"今天，中华民族正在迎来从站起来、富起来到强起来的伟大飞跃。在这样一个全新的时代，诗歌担负的历史使命不言而喻，为诗歌开辟的创作空间更加广阔。"文章合为时而著，歌诗合为事而作"。鲁迅曾说："无尽的远方，无数的人们，都与我有关。"幸逢中华民族伟大复兴的新时代，正期待着诗人们襟怀云水，兰台展卷，搜句裁章。弘扬主旋律，凝聚正能量，歌颂祖国，礼赞英雄，放歌新时代，咏颂真善美。

是为序。

目录

七律部

登古北口长城 …………………………………… 003
中秋致小音 ……………………………………… 004
叙旧赠曹生 ……………………………………… 005
闻思平常委退而不休 …………………………… 006
冰城行记 ………………………………………… 007
阳台花草修剪记 ………………………………… 008
读刘伯温退隐诗 ………………………………… 009
致妻同勉 ………………………………………… 010
岁初感家事 ……………………………………… 011
收两同学京畿相聚照 …………………………… 012
中美贸易谈判有感 ……………………………… 013
附孟建国和诗：依晓帆《有感》韵和 ………… 014
有感致妻 ………………………………………… 015
赴经济所九秩庆典有感 ………………………… 016

条目	页码
周恩来总理忌日感怀	017
疫起感时作	018
谢友并致吾儿	019
闲解股市隐喻图	020
感事致友人	021
书宅生日感怀	022
小女升学探营记	023
参加"双循环合作"论坛有感	024
记同学聚庆	025
辛丑年冬至有感	026
观父母理发视频有感	027
壬寅元宵致有情人	028
俄乌开战有感	029
再观俄乌战局	030
闻父母居小区开禁	031
壬寅清明忆兰州	032
赠妻生日言	033
和孟忠友生日贺诗	034
附邓孟忠诗：贺晓帆生日	035
读贾和亭回忆录《香自苦寒来》	036
读孟建国《岐下庐诗文稿》	037
附孟建国和诗：步晓帆《七律·读〈岐下庐诗文稿〉》韵	038

挺任正非先生 …………………………… 039
感事赠妻女 ……………………………… 040
和友《即日》 …………………………… 041
双亲卧床吟 ……………………………… 042
步韵和友《送别有感》 ………………… 043
观国际时局 ……………………………… 044
酬复田杰教授生日赋 …………………… 045

七 绝 部

夜笔次日约李音聚 ……………………… 049
见小女微信照 …………………………… 050
复家人信 ………………………………… 051
步小音《牡丹与酒》韵和 ……………… 052
附李音诗：牡丹与酒 …………………… 053
依韵和李音《观花城内景》（二首） … 054
附李音诗：观花城内景（二首） ……… 055
闻洪博兄退休赠其诗 …………………… 056
有感于某英诗汉译之达雅 ……………… 057
闻哈佛八博士后归国 …………………… 058
感事慰友 ………………………………… 059

同悼金式如校长	060
观孟忠伉俪热气球之旅照	061
读《禅论》有感	062
观湖中枯荷	063
候班机于首都机场	064
观海退潮景	065
赠友人	066
有感致亲朋	067
示子三章	068
秋末吟	069
感事复友人	070
见卢慧同学归群	071
依韵和建勇兄诗照	072
附袁建勇诗：闲题桃花桂花照	073
致赴江南友人	074
酬和孟忠词范	075
赠友（二首）	076
谢建国兄见教	077
探望胡戈同学	078
自制茶台记	079
读"红色特工"关露身世有感	080
闻"海归"才俊事迹并忆钱公	081
河源汕尾行记（二首）	082

悼袁隆平院士	083
闻五国签订限核条约	084
辛丑末赠小女手绘"门神"	085
新稔致建国兄	086
酬文青友赠诗	087
和友人	088
时局感怀（二首）	089
股市变化感喻	090
清明问候	091
生日感言	092
感事致友	093
浙江行记	094
赠张平生先生（二首）	095
西安归来感致建国兄	096
答赠某同学	097
邻游大鹏半岛	098
大梅沙行记	099
闻颜宁海归深圳创业	100
悼江泽民主席	101
问候正新兄北京疗养	102
春游石岩《农趣谷》	103
赏天然木石雕物	104
观建国兄生日自唱秦腔《诸葛祭灯》	105

赠黄晓东同学（藏字） ………………………… 106
观蛇口新容 …………………………………… 107
赠《黄河诗阵》 ……………………………… 108
观京津冀等地抗洪有感 ……………………… 109
谢诸友赛选加持 ……………………………… 110

五绝 五律 古风部

偶感题寄小音（二首） ……………………… 113
再致小音 ……………………………………… 114
有感昨夜今辰事（五律二首） ……………… 115
家中观鱼 ……………………………………… 116
赠许江萍同学（藏字） ……………………… 117
赠李万寿同学（藏字） ……………………… 118
母校百廿周年校庆 …………………………… 119
赞建国兄校庆雄赋 …………………………… 120
读丘成桐"数理与人文"论有感 …………… 121
贺曹宇同学《图手创意》专著出版 ………… 122
谢友赠吾舍外照 ……………………………… 123
附邓孟忠原诗：酬晓帆致谢诗 ……………… 124
闻西方公司抵制新疆棉花 …………………… 125

见创同兄遥赠其少年照 …………………………… 126
陪家小上网课 …………………………………… 127
赠妻生日小札 …………………………………… 128

词　部

西江月·步李音《话离别》原韵复 ……………… 131
附李音词：西江月·话离别 …………………… 132
好事近·步李音《长安寄语》原韵复 …………… 133
附李音词：好事近·长安寄语 ………………… 134
东风第一枝·和洪博词 ………………………… 135
附陈洪博词：东风第一枝·六十生日感怀 …… 136
清平乐·登峨眉山 ……………………………… 137
鹧鸪天·依韵和友赠曹宇同学 ………………… 138
菩萨蛮·和友跨洲行词 ………………………… 139
浪淘沙令·和友《南飞基督城》词 ……………… 140
望江南·和友人《故乡游》词 …………………… 141
浪淘沙令·中美贸易战观感 …………………… 142
无牌令·冬至见春意 …………………………… 143
鹧鸪天·赞两同学 ……………………………… 144
鹧鸪天·依韵和友《香港骚乱有感》词 ………… 145

菩萨蛮·观《流浪地球》和友词 …………………… 146
渔家傲·和友人词 …………………………………… 147
南歌子·步友韵和武汉抗疫词 ……………………… 148
鹧鸪天·游荔枝公园 ………………………………… 149
南乡子·和友人《春雨》词 ………………………… 150
鹧鸪天·次韵和同学"致老胡"词 ………………… 151
破阵子·观米开朗基罗画展并和友 ………………… 152
自度曲·致立新同学 ………………………………… 153
苏幕遮·和友人端午词 ……………………………… 154
临江仙·壬寅年八月感时作 ………………………… 155
十六字令·阳了歌（三首）………………………… 156
无牌令·读孟忠友旅行诗 …………………………… 157
渔家傲·酬和邓刘两同学 …………………………… 158

联 对 部

诗友对四十五副 ……………………………………… 161
挽联五题六副 ………………………………………… 176
伉俪对六副 …………………………………………… 182
自题感事联八副 ……………………………………… 185

跋 …………………………………………………………… 189

七律部

登古北口长城

久仰由来誉世名，
适逢丽日独登行。①
烽台卧守金汤固，
垣垛痕留铁羽鸣。
朝阙威加求大统，
江山颐指拒陈兵。
惟怜墙下萋萋草，
犹诉当年泣女情。②

1985年5月上旬于北京

注：① 笔者寻登刚开放的长城古北口段，时逢赴京参加硕士研究生复试。② 指"孟姜女哭长城"之传说。

中秋致小音

岂为秋风赋晚诗，
寸心徒守难逃时。
琼芳初觅无幽径，
佳月终归有兑期。
丽日早翔堪比翼，
深峦晚憩或连枝。
不愁尝罢千番雨，
虹彩欣逢未觉迟。

2008年中秋于深圳

叙旧赠曹生

南天回首廿重秋，
早逐轻梦下惠州。①
忧患频谈前路计，
沉浮始忘乱年愁。
曾依西子召学旧，②
竟涉香江续壮猷。③
俟次修成三昧日，
商儒未必逊留侯。

2012年8月1日

注：①同学曹忠，20世纪90年代初，其由国家计委调惠州大亚湾经济技术开发区任职并兼国企领导（笔者曾应邀任其副总）。②此处"西子"指惠州西湖，当年为苏轼贬任"宁远军节度副使"期间所建。③20世纪90年代后期，曹生离惠州入首钢集团高层，继而被派香港接手"首长系"企业曾业绩斐然。

闻思平常委退而不休

(新韵)

常忆荆沙问计年，①
继来南粤有余甘。
曾持旗语朝潮立，
更策尖兵鼙鼓弹。②
大吕何尝鸣瓦釜，
良弓谁必弃闲园。
退修一派浩然气，
社稷江湖情两兼。

2015 年 10 月 5 日

注：①笔者于 1986 年 5 月间，与思平同志（时任湖北省社会科学院副院长）一起参加国务院发展研究中心"荆州—沙市发展战略规划研究"合作课题。②指 1994—1997 年间，笔者由国企调深圳市经济体制改革办公室，在思平同志领导下工作。

冰城行记

（新韵）

寒流未阻北成行，
正遇河滨一岸封。
冰道嬉滑唤幼趣，
虎林悄探哺仔情。
晨车兴绕太阳岛，
夜市酌弹国际风。
小女悔因初识雪，
忽言何自岭南生？

2016年11月25日于哈尔滨

阳台花草修剪记

阳台绿意十年栽,
闲点清明入目来。
斑竹丛围无别韵,
罗松盛长有余材。
重栽老宿仙人刺,
再剪新科龙爪槐。
最是洛阳名卉种,
盆间候得几时开?

2017 年 4 月 6 日

读刘伯温退隐诗

(新韵)

史存当述士伯温,
曾相轩辕叹陆沉。
常辅明宗谋济世,
更遗谶语遁奇门。
难求吏治存正气,
但觅经穷解异文。
野渡不嫌扶旧老,
青灯浊酒顾亲人。

2017年11月25日

注：刘伯温（刘基），元末明初军事家、政治家、文学家，明朝开国元勋。其随朱元璋打江山而功勋卓著，后受忌贬，谪居乡里而终。其擅长于传自汉朝张良、诸葛亮的"奇门遁甲"之术，有《诚意伯文集》《烧饼歌》等著作传世。

致妻同勉

(新韵)

犬岁初临事乱纷,
犹疑何处觅消魂。
已值盛世忧天助,
焉遇华年悔自沦。
联袂不思三界远,
独行谁省一身昏。
遑愁难会琴书意,
流水高山早仰闻。

2018 年 3 月 2 日

岁初感家事

华发渐多未觉愁，
愧从时日说轻留。
娘亲惊恙尝温顾，①
老友微鸿念旧由。
小女天真无歧相，
阳台工毕有余羞。②
宜将尘物留前岁，
代以诗心济晚秋。

2019年2月22日

注：①指岁初老母亲不慎滑倒骨折，幸及时送医经恰当植骨手术而康复。②指家中阳台装修收尾之际，未料包工头提前索取余款后"失联"致工资纠纷，笔者同情并贴补工人了事。

收两同学京畿相聚照

京畿小聚见情长，
把盏当为诉旧肠。①
每忆肥城夸壮举，
谁羞皓首显青狂。②
不辞精卫啼余血，
犹继高门馈后香。③
羡似老君修道骨，
负阴一度又生阳。④

2019 年 4 月 25 日

注：①收到赵鹏林、麦永潮同学北京小聚微信照。②1997年出国进修前，大家赴合肥中国科技大学半年英语强化培训而朝夕相处。③两同学分别从领导职位引退后，或应邀赴雄安新区为规划建设高层顾问，或投入家乡公益文化事业，专长"余热"适得发挥。④ 喻永潮对道家"负阴抱阳"学说早有心得。

中美贸易谈判有感

夏来却见倒春寒，
博弈难消云水间。
推特传声行变奏，①
班师披甲断疑弦。
早筹辎重非轻举，
仍取邦仪有礼先。
莫向东隅愁弃子，
桑榆未晚固营盘。

2019年5月9日

注：① 特朗普总统被喻为"推特治国"，其言论时常第一时间发自推特网。

附孟建国和诗：

依晓帆《有感》韵和

春秋冷热夏来寒，
扑朔迷离云水间。
贸易原非桌上计，
改辙才是乐中弦。
针锋相对昧轻重，
牛虎搏争谙后先。
堪叹东隅谁失子，
终局黑白落何盘？

2019年5月9日于西安

有感致妻

风雨稍息乃自柯,
迷踪敢问已几何。
芳心原许书生意,
剑胆常揖水袖歌。
岂为失言伤蒲苇,
何妨借计哺香罗。
若蒙锦瑟不轻弃,
当以加持慰老驼。

2019 年 6 月 10 日

赴经济所九秩庆典有感

(新韵)

九旬华诞缅雄才,
四海高朋论杏台。
忧患曾遗学子梦,
浮沉几慰大师怀。
早存经略通国祚,
屡奉珠玑补史白。
堪许脉根无断意,
正传薪火与新侪。

2019年8月于北京

注:中国社科院经济研究所,前身创立于1929年,历史上杰出人才云集,界内影响及成果卓著。开创期有陶孟和、陈翰笙、千家驹、巫宝三、严中平等,新中国建立后,有顾准、狄超白、孙冶方、许涤新、骆耕漠等,中期有刘国光、董辅礽、孙尚清、吴敬琏、张卓元等先生,继有华生、樊纲等后起才俊,曾在此从事研究或兼领导工作。

周恩来总理忌日感怀

(新韵)

仲冬瞳日意阑珊,
犹忆人间真伟男。
大器烹鲜传代际,
变局折桂守余年。
运交华夏辞先辈,
功毕春秋冀重贤。
莫弃远忧思近计,
常足仓廪续民安。

2020年1月8日

疫起感时作

九派通衢戾云颠，
神州交岁夜无眠。
亥猪遏治瘟邪日，①
子鼠平添祸口延。②
此稔每逢多劫难，③
国殇当慰一壶悬。
岂疑复兴东流水，
徒废中华济世篇？

庚子年正月初六

注：①2019年，一些地方猪瘟流行被遏止；②2020年年初武汉突现新冠病毒并迅速蔓延；③历史上庚子年常见灾变现象发生。

谢友并致吾儿

几声苑燕啼春树,
愧见君情点三章。①
面壁愁逢寒气至,
低眉奈忍苦心藏。②
敢从诸葛遵前嘱,
只揖东坡诉旧肠。
试观稚子何觅道,
期将膏血渡陈仓。

2020 年 2 月 16 日

注：①指见友人点赞笔者《示子三章》诗作；②喻抗疫而居家的状态。

闲解股市隐喻图

闲嘲韭叶十年悲,
曾见高潮几日陪。
疾首无缘辞旧谷,
殇情何故演陈雷。
岂期一段波成偶,
还望通身脉独回。
谁念轻罗为正解,
玄机似隐问心违?

2020 年 7 月 7 日

感事致友人

豪情早向山河觅,
愧负诗书近半身。
新阙已酬归稼客,
初衷未忘谢风尘。
难随魏晋呼贤士,
愿取丹心谏美辰。
乃俟浆琼兼济日,
长留几啖惠家人。

2020年8月13日

书宅生日感怀

归来解甲问书翁，
寒舍当甘揖暖风？
七寸拍砖情若许，
三分搔痒意先躬。
腹枯何必寻前事，
剑气不须出陋蓬。
平水谁言难作韵，
遍吟诗句紫烟中。

2021 年 5 月 22 日

小女升学探营记

一来二往意彷徨，
为附何门计短长。
疑取南山宁放马，
惟攻龙坂许登堂。
近邻已探悉新秀，
老友方闻比旧章。
只叹时难攀顶路，
遑论功负少年郎。

2021 年 7 月 20 日

参加"双循环合作"论坛有感

论坛热议欲何求,
为有和鸣渐入流。
岂许黑鹅屯病灶,①
更从新驿取珍馐。
吴钩不拒武昌木,②
朱雀再栖兴庆楼。③
谁与联袂行其远,
同描天地作神筹?

2021 年 8 月 3 日于北京

注:①指防范国际政治经济环境中的"黑天鹅"事件。②此借汉朝曾有吴国自武昌(鄂州)迁都建业(南京)而拆运宫庭砖材之典,喻指当下长江经济带的一体化趋向。③喻指丝绸之路大西北"起点"西安的重振机遇。

记同学聚庆

同窗纷至遇清秋,
把盏归迟意难休。
去稔渐辞家外事,
留香仍系市间忧。
谑言每令残冬暖,
豪饮焉疑赤面羞。
谁自平生逾花甲,
任充侠客九洲游?

2021 年 11 月上旬

辛丑年冬至有感

金牛过隙虎将来,
平素何愁两鬓衰。
冬仲添衣风著雨,
钵开煮饺气盈怀。
添年愿顾修真命,
盛世欣陪比胜台。
斟罢似觉和韵少,
犹思旧友唱蓬宅。

2021 年 12 月 21 日

观父母理发视频有感

一生曲折不言愁，
九秩相依早白头。
走马烽烟边塞路，
放言社稷野田囚。
劳模未悔熬长夜，
烦事勿侵度晚秋。
吾辈欣觉冬赐暖，
直夸公媪亦风流。

2021 年 12 月 31 日

壬寅元宵致有情人

盛年渐去意难消，
韶乐何尝厌曲骚。
尘远岂为修绣笔，
香沉共与识纯娇。
春临未顾东隅柳，
秋尽正揖朱雀桥。
肯借罗浮曾旧梦，
良乡遑论几多遥。

2022年2月15日

俄乌开战有感

俄乌爆战问何由，
欲遣文思下笔忧。
血噬长留隔世恨，
烽销岂止守疆仇。
沙皇历历前朝梦，
铁幕灰灰后史修。
宁可稍息公义辩，
为闻早断炮声稠。

2022 年 2 月 28 日

再观俄乌战局

俄乌战事叹无形，
烽穴长留岂太平。
壁上观尘寻死兔，
沙场饮恨遇乡声。
戏言添乱若秽至，
腥血从来与战逢。
博弈难停闻大鳄，
局残谁去了穷兵？

2022 年 3 月 12 日

闻父母居小区开禁

双老期颐乐意闲,
叹逢来疫几夕间。
室藏路锁不酬客,
邻伴亲愁难问安。
赖有辛勤白护使,
稍还无计赤儿颜。
忽闻名苑才开禁,
急备粥衣尽孝前。

2022 年 3 月 28 日

壬寅清明忆兰州

(新韵)

天涯未忘莽河川,
犹叩金城梦里还。
北岸巍巍存古塔,
南山浅浅隐幽泉。
顽童窜巷追烹味,
红队拾阶谒墓园。
回首峡舟岩寺处,
欣看丝路换新天。

2022 年 4 月 5 日

赠妻生日言

生辰正待晚春时，
欲问情真复与期。
常许杯移宁忘醉，
偶施香蕴付卿知。
苍颜只顾独眸久，
素榻谁嫌比寐迟。
老辈方辞亲故里，
遥听琴瑟录长诗。

2022 年 4 月 13 日

和孟忠友生日贺诗

残春剩雨渐身知,
又续庚辰小满时。
强握球拍稍乏力,
和弹词韵似入痴。
同窗曾谑肥城瘦,
雅士常呼琼酒亏。
还幸芳邻偕舔犊,
好陪老骥赏秋池。

2022 年 5 月 23 日

附邓孟忠诗：

贺晓帆生日

一转年轮一旅程，
欣逢小满水天清。
醇茶老酒频相对，
故事新闻漫点评。
览月当年南北去，
吟诗今日笑谈成。
圣贤自古多寥落，
堪数谁家饮者名？

邓孟忠 2022 年 5 月 22 日于深圳

注：出国进修同学邓孟忠，深圳市开放大学（广播电视大学）原校长兼党委书记，素为笔者诗友兼球友。

读贾和亭回忆录《香自苦寒来》

从来燕赵多豪俊，
初仕京都奉即朝。
曾记浮生成器路，
几临磨难改革潮。
常为头领推新举，
惯守真仁变厚交。
渐已身辞兰室在，
可期桃木报琼瑶。

2022年6月5日

注：贾和亭，早年任国家体改委生产体制司副司长，后调任深圳市口岸办、体改办、国资办主任，退休曾任深圳市体制改革研究会会长，为笔者上级且两度同事。

读孟建国《岐下庐诗文稿》

龙行万里放歌还,
韵取秦唐寄杏坛。
三立师从当继久,
千寻字落岂无澜。
鸣鸿岐下风尘路,
策马泾滨稻菽盘。
道以朝闻存旧好,
寸心长续一壶丹。

2022 年 6 月 12 日

注:孟建国,著名诗词家、书法家,原陕西省政府副秘书长兼省委宣传部副部长,现陕西诗词学会会长、中华诗词学会顾问。

附建国和诗：

步晓帆《七律·读〈岐下庐诗文稿〉》韵

踏过风尘记往还，
微吟怎敢附言坛。
霜晨雨夕观天趣，
秋菊春棠赏物澜。
一介樵夫岐下路，
两升稻菽秤中盘。
弥暇补遗消长夏，
哂笑觥筹鉴寸丹。

孟建国 2022 年 6 月 12 日于西安岐下庐

挺任正非先生

时缘名宿事多磨，
岂号冬寒遇斧柯。
屡见居安思险隘，
几逢罹难忍蹉跎。
国风心向求创举，
赤子情恒剩血罗。
忆取老任交集例，
焉疑衰唱问他何？

2022年9月4日

注：任正非，系著名华为公司的创始人、掌门人。笔者在深圳市体改、外经部门任职期间，数次与其有工作交往。其战略眼光、经营格局及家国情怀，均令人敬佩。

感事赠妻女

忽来尘海继初潮,
未免人生尽过招。
出笋叹不从祖训,
发枝岂敢遁天条。
任停劳燕桑榆晚,
渐渡闲舟渭水遥。
前路谁疑光彩续,
几分何必问双娇。

2022 年 12 月 9 日

和友《即日》

岂料严冬伴雨来,
棚间队禁已稀哉。
正从老店觅存药,
谁问方舱生早苔。
世事唯艰天有序,
毒疴竞虐众逢哀。
怀愁还继春寒近,
信是风终桃李开。

2022 年 12 月 15 日

双亲卧床吟

岁末何来雪上霜，
愁看双老卧高堂。
方经阳褪抚前榻，
又挽亲依问歧黄。
心切奈逢医出慢，
身疲忍对毒逾狂。
宅归宁忘弟兄叹，
同冀翁娘续晓光。

2023 年 1 月 2 日晚

步韵和友《送别有感》

此去蓬莱辞远阁，
直乘海内不归船。
惮精几感诫前宇，
问政稍觉伤草荃。
胸为霜寒收剑气，
情将棚暖视生天。
聊从国祚惜良相，
犹冀来人比锦笺。

2023 年 3 月 4 日

观国际时局

似见刀戈近祖乡，
金盘西扫几番狂。①
太平商女何知恨，②
盛世危情岂掩藏。
早却硝烟修国灶，
先存敌忾杜萧墙。
东吴若取东风便，
毋问由来谁更强。

2023年5月24日

注：①指国际地缘政治及经济危机因素导致全球金融市场剧烈震荡。②此处化用唐杜牧"商女不知亡国恨，隔江犹唱后庭花"之句。

酬复田杰教授生日赋

生平七秩未颓唐，
晚景欣依杖马旁。
挈妇将雏身侧事，
推觥握板袖中章。
陈舟已渡揖君健，
冷阙迟占拜月长。
三十鹏城居自易，
风尘一抖落柔乡。

2023 年 8 月 20 日

七绝部

夜笔次日约李音聚

闲解文差继又来，
已催夜笔挑灯裁。
通宵字毕知稍欠，
犹抵偷闲会鬼才。①

2007 年 10 月 31 日

注：①恰逢"万圣节"而揶揄。

见小女微信照

（新韵）

小女初生未长成，
巧眸盼盼惹人疼。
远方孤旅方几日，
恨不将雏抚且行。

2010年8月24日于杭州

复家人信

欣见家书俟未迟,
西湖夜盏景如诗。
何期早返紫寮日,①
且把离情告汝知。

2010 年 8 月 25 日于杭州

注:①笔者书房忝谓"紫烟寮"。

步小音《牡丹与酒》韵和

风雨偕行谁为贵,
琴心剑胆将雏归。
生平不屑雕虫技,
独以真经占卉魁。

2011年2月6日

附李音诗：

牡丹与酒

诗播山林知其贵，
舟入桃源莫自归。
何当学成屠龙技，
伴酒牡丹醉花魁。

李音 2011 年 2 月 6 日于深圳西丽湖畔

依韵和李音《观花城内景》

(二首)

(一)

春眠依旧鸟啁啾,几度和鸣早入流。
欣见花城风气在,欲冲牛斗剑还留。

(二)

遥看葱茏谁似火,春风疑是续嫣红。
木棉早解花城意,枝头回眸几室空。

2011年3月18日

附李音诗：

观花城内景

(二首)

(一)

微风漾漾鸟音啾，树树红棉如火流。
春雨绵绵听不断，蜗牛草憩正回眸。

(二)

远眺疑为枝起火，近看方觉木棉红。
谁持炽烛燃春意，朵朵奇葩雕碧空。

李音 2011 年 3 月 18 日于深圳四季花城

闻洪博兄退休赠其诗

莺憩山林无倦意，
虎踞平野有歇时。
浮云休处何足恋，
松鹤相惜唱老枝。

2011 年春节

有感于某英诗汉译之达雅

结绳过后生文字,
常向仓颉认脉传。
倘化拉丁听旧议,①
何留汉韵在人间?

2017年10月23日

注:①当年学界曾有一种将汉语言"拉丁化、拼音化"的倾向与主张,后又有汉字不适于电脑时代文字输入、转换的观点,均被后来现实所否解。

闻哈佛八博士后归国

(新韵)

八剑归乡意若何，
学成已揖老哈佛。
从来人脉系国运，
岂负轩辕世纪歌？

2017年10月8日

感事慰友

遗信何须问蒋干,
春江水暖未曾宣。
早习禅意如身语,
岂赴空城听鬼弦?

2017 年 11 月 8 日

同悼金式如校长[①]

昔者已乘黄鹤去，
尚听切切念嗟声。
无言桃李寻蹊处，
皆忆孜孜教诲情。

2018 年 1 月 12 日

注：①金式如，著名教育家，早年任深圳实验学校校长，邓孟忠曾与其共事；笔者曾因儿子李浩由该校转学德国纽伦堡等事宜，与其亦有数面之交。此诗前两句由邓孟忠作，后两句由笔者续成。

观孟忠伉俪热气球之旅照

稍逾花甲岂声哀，
芳旅云天心正开。
满目横春牵不住，
又闻后苑好信来。

2018 年 3 月 29 日

读《禅论》有感

生众芸芸千界玄，
谁成佛系可随缘。
休言尘世忍难入，
心有禅风意坦然。

2018 年 5 月 10 日

观湖中枯荷

(新韵)

遥想当年初入水,
何及今日铁钩身。①
莫觉枯叶有羞色,
应识真根浪底沉。②

2018 年 11 月 3 日

注:①前联由友人孔令军博士所作;②后联由笔者忝续。

候班机于首都机场

京城忽隐雾霾中，
远客难留行色匆。
何去浮尘蔽南下，
于心处处见晴空？

2018年11月26日中午于北京

观退潮海景

古礁亿岁且安哉,
曾记苏郎挂剑来?①
惟见滩鸥鸣岸落,
回眸几处有人宅。

2019年2月10日于惠东十里银滩

注:①苏轼当年被贬惠州,曾任"宁军副节度使"一职。

赠友人

绝顶从来悲寂廖,
何求胜景伴完程。
毋由宦眼观浮世,
结过林庐慰此生。

2019年3月5日

有感致亲朋

早取秋间两袖风,
家余何事不从容?
缘来每守知足意,
常问初心谢世翁。

2019年8月3日

示子三章

（一）

儿入盛年事蹉跎，神交徒盼奈其何。
谁能顿洒倾盆雨，唤取心清涤旧疴？

（二）

少久离家问所忧，未经淬砺亦悲秋。
心如早拒三分苦，何必延为斗米仇？

（三）

最贵平生行半旅，浮尘扫去剩途通。
身知冷暖情不怠，未以空囊与友逢。

2020 年 2 月 16 日

秋末吟

鼓瑟齐鸣岁月稠,
渔舟晚唱意多留。
倘期梨蔓常逢雨,
棠叶何须早落秋。

庚子年秋末

感事复友人

盖棺方论一疴休，
岂向前朝问沉浮？
犹顾天庭含紫气，
剩将庚子祭新猷。

2020 年 11 月 13 日

见卢慧同学归群

长安一去似绝尘,
不见西行青海人。
风抚草庐犹早慧,
原来幺弟下黄昏。①

2021 年 1 月 11 日

注：①卢慧是笔者西安交大同班年龄最小的同学，毕业返青海工作。其多年未曾联系，忽见在微信群出现。

依韵和建勇兄诗照

桂桃应景共留香,
不与他花论短长。
莫言残枝无取处,
正扶新叶映斜阳。

2021 年 2 月 6 日

附袁建勇诗：

闲题桃花桂花照

桃花灼灼桂花香，
春意融融日渐长。
午睡昏沉闲无事，
楼台独坐看斜阳。

袁建勇 作于2021年2月6日 于深圳

注：朋友袁建勇，系当年深圳市体改办同事，其从深圳市社保基金管理局局长职退休后，与笔者仍有过从。

致赴江南友人

江南小院正怀春,
堪比京秋秀几分。
好季方追君行早,
何羡候鸟自由身。

2021 年 4 月 18 日

酬和孟忠词范

寄情山水一词翁，
古韵秦楼比画风。
倘乞行侠成伴侣，
犹留宿意饮几盅。

2021 年 4 月 24 日

赠 友

（二首）

（一）

许情家国踌躇未，莫至天涯顾剩途。
何不归心收晚旅，琴书半抚索玑珠。

（二）

江湖渐去近轩辕，不信平生万事玄。
已冀牛耕当自饮，堪求几度润梁园？

2021 年 5 月 16 日

谢建国兄见教

聊将诗酒谒同林,
为取沉香宁几斟。
倘有师尊能补阙,
焉无妙句伴君音?

2021 年 6 月 6 日

探望胡戈同学

湖山走马觅良戈，
宿恙方除问尔何。
岂自画庐愁饭否，
茶余尚舞大风歌。

2021 年 6 月 29 日

注：同学胡戈，曾于1997年秋初，同在合肥中国科技大学参加为期半年的英语强化培训，其作为该计划组织者而任班长并一同出国进修。后从市国资委巡视员职退休，探望见其状态甚好，尤以画作精致入流而令笔者称奇。

自制茶台记

底木双须乐自裁，
紫檀一片好成台。
达摩歇未淘尘迹，
期以新茶老友来。

2021 年 7 月 16 日

读"红色特工"关露身世有感

前尘忍见玉如烟,
未解红颜叹梦残。
早入绝情前世戏,
何堪卸甲泣双全?

2021 年 8 月 16 日

闻"海归"才俊事迹并忆钱公

乡魂无悔走天罗，
曾负珠玑奈若何。①
倘许钱公遗旧问，
继侪岂愧大师说？②

2021 年 8 月 18 日

注：①指钱学森先生等科学家早期经留难曲折而归国。②愈来愈多的"海归"和国培一流人才脱颖而出，或假以时日，可望回答关于"大师难出"的"钱学森之问"。

河源汕尾行记

(二首)

(一)

深秋日暮野陲行,欲问振兴有何凭。
一路风光遮不住,东邻草木总关情。

(二)

硝烟不见认前方,持令将军未彷徨。
早起营盘吹灯夜,一叶汕尾正留香。①

2021年9月8日

注:①早年同事叶健德,挂职深圳对口帮扶与协作前方指挥部负责人并兼汕尾市委常委、副市长,相见甚慰。

悼袁隆平院士

故土难离今返乡，
一生稼穑普天尝。
谁不惠受身前愿，
仗此无虞驱大荒？

2021 年 11 月 15 日

闻五国签订限核条约

以核止武乃高节，
谁戮生灵始战歇？
未弃豪声听五霸，
正从大士渡千劫。

2022年1月4日

辛丑末赠小女手绘"门神"

蓬门虎相识时哉，
煞瘴谁侵几逐徊。
岂守田园无近悦，
只愁客远正孤来。

2022 年 2 月 2 日

新稔致建国兄

风尘未负几相知，
犹记残宫兴庆时。
岂顾平生羞白发，
常逢新稔念君诗。

壬寅年春节

酬文青友赠诗

青囊早纳惠民情，
球艺常温听尔评。
问政尚馀宏野赞，
离骚遗梦慰宾朋。

2022 年 2 月 20 日

注：球友兼文友伦文青，现任职深圳政法口，其公众号"青文的小口袋"，时有当年基层工作体验及诗文新作分享。

和友人

情同君子为国求，
劝酒何须上白头。
唯取诗书常入砚，
频从心水忘他愁。

2022 年 2 月 27 日

时局感怀

(二首)

(一)

乌东鏖战乱纷呈,炮火谁闻人弃城。
倘计苍生同恨事,可当自救出泥坑?

(二)

凭墙南望疫情急,路上忽来车马稀。
自顾不先愁远界,须知何物是天敌。

2022 年 3 月 2 日

股市变化感喻

忽觉股海迄今殊，
几度青苍拟显朱。
莫道云庭难问市，
紫烟一鹤竟飞出。

2022 年 3 月 16 日

清明问候

留看晓帆云上处,
至今风落太平洋。①
问君几许相思句,
万里成吟正续长。②

壬寅年清明

注:此为合成绝句。前联①为老友李创同(原兰州大学哲学教授,现旅居加拿大温哥华,微信名"云上风")作;后联②为笔者(居中国深圳)悉续。作于壬寅年清明时节。

生日感言

从来绝顶逢孤寂，
难得佳期续长庚。
已许浮心生禅意，
琴书肝胆伴君行。

2022 年 5 月 22 日

感事谢友

小女升堂岂自愁，
情同犊护意绸缪。
谁知桃李蹊何在，
但顾相偕备束脩。

2022 年 6 月 20 日

浙江行记

方辞乌镇古风程，
龙井香醇又一峰。
摇桨西溪蓬客处，
追听西子晚潮声。

2022 年 6 月 26 日

赠张平生先生

(二首)

(一)

雨阙听风济世音,痴情长向好辞吟。
宁将取意心生水,岂止相娱问古今。

(二)

诗魂几许一身倾,阵见黄河猎猎名。
谁取江湖相忘意,间沉香蕴慰平生?

壬寅年中秋

注:张平生,著名诗人、书法家,现《黄河诗社》及《黄河诗阵》社长、总编。

西安归来感致建国兄

长安把盏雨潇潇，
一度同窗路且遥。
未负千寻山海遇，
犹逾花甲忆年韶。

壬寅年重阳

答赠某同学

世事茫茫叹往尘，
岂将晚遇比情真。
浊清自问谁轻许，
君为尝薇弃粟人？

2022年12月3日

邻游大鹏半岛

大鹏古邑记前传,
半岛方游绿与蓝。
堪为城嚣留一域,
谁不怜爱近花缘?

2022 年 11 月 19 日

大梅沙记行

梅沙一日小情觅，
望断烟波眼欲疲。
岂有独舟行狭处，
犹将冬景论相宜。

2022 年 11 月 20 日

闻颜宁海归深圳创业

归去骄娥意可如,
曾辞故里忍踌躇。
谁嫌几许逊邦色,
识结珠玑与旱墟?

2022年11月1日

悼江泽民主席

柏林有幸早聆音，①
丰雅陈情宛若今。
斯逝谁不思故影，
犹披厚泽慰民心。

2022 年 12 月 5 日

注：2002 年 4 月 8 日，应时任德国总统约翰内斯·劳的邀请，江泽民主席对德国进行国事访问，期间笔者作为"中资机构负责人代表"受到江主席例行接见。

问候正新兄北京疗养

才高陇右早年功，
继赴京师为笔雄。
春日听君回语讷，
叹疑侪众渐音穷。

2023年2月4日

注：时正新，曾任甘肃省社会科学院农业经济研究所所长且与笔者同事。其调北京后曾任国家民政部政策研究室主任、办公厅主任，现退休多年仍有联系。

春游石岩《农趣谷》

春鸟啾啾花早繁,
踏青郊外觅新园。
卧佛山蔽农家谷。
自采红莓啖小鲜。

2023 年 2 月 16 日

赏天然木石雕物

啸犬伏蟾栖冷月，
晚亭幽瀑辨希音。
天然不是无情物，
毕竟香沉贯石心。

2023 年 3 月 13 日

观建国兄生日自唱秦腔《诸葛祭灯》

六出祁山谁彷徨,
七旬声寿闻苍凉。
气通秦蜀休国虑,
大吕更惜听自乡。

2023 年 3 月 19 日

赠黄晓东同学

(藏字)

揖别黄山廿五年，
人非物是晓云烟。
每思豪放东窗语，
聊以新诗续早缘。

2023 年 3 月 20 日

观蛇口新容

蛇口逶迤前海侧，
凭栏远眺碧连天。
春游一顾难相识，
为有新妆秀岸沿。

2023 年 3 月 29 日

赠《黄河诗阵》

凭窗已觉夜居央，
撷句神催几迴肠。
冷阕焉愁谁唱和，
黄河北望有诗乡。

2023 年 4 月 25 日

观京津冀等地抗洪有感

曾惊天道竞轮回，
骤雨稍穷患水来。
已揖援舟人间渡，
还期大禹筑流台。

2023 年 8 月 13 日

谢诸友赛选加持

（一）

谁举书囊一剑留，
敢孚众望以情投？
倘逢路转登峰处，
唤友当推百盏休。

（二）

峦间秋雨渐休神，
几度声消起欲屯。
堪许同窗鞭著耳，
蓬蒿岂遗唱和人。

2023 年 8 月 24 日

注：2023 年 8 月，笔者以《书宅生日感怀》《参加"双循环合作论坛"有感》《辛丑末赠小女手绘"门神"》三首律、绝诗作，参加《第三届东方神韵杯》全国诗词文学大赛》，得到众校友同学、诗友、网友及亲友的挺赞支持，并最终获取总分第二名及特等奖。此绝句是在赛选期间为表达谢意而作。

五绝 五律 古风部

偶感题寄小音

(二首)

(一)

心事沉空宇，惟闻天籁音。
渺乎行远界，何故与君吟？

(二)

梅竹方辞岁，更揖春色稠。
窗前呼几度，红绣可逢头？

2007 年 2 月 6 日

再致小音

心随风雅去，
犹忘病中吟。
远去非孤旅，
一笺抵万金。
花摇方带雨，
书贵必含馨。①
何遇红妆日，
相酬未了心？

2007年2月7日

注：①闻李音著《中国钢琴神话——李云迪》即将出版。

有感昨夜今辰事

（五律二首）

（一）

风雨如磐夜，情思未释然。
才逢多舛事，竟入命知年。
欲问理难断，心劳渐不堪。
倘题山水曲，谁点老琴弹？

（二）

倦意尚留枕，机铃早唤晨。
知伊含任性，宁不复言真。
听语多柔切，已觉泪渐伸，
宝刀轻未许，岂负有心人。

2007 年 5 月 27 日

家中观鱼

鱼儿游且悠,天寒不觉愁。
乍来北方种,南国仍娇柔。
唯疑酷暑至,可否身长留。
能知其乐者,日复竟何求?

2008年2月1日

赠许江萍同学

(藏字)

虎气盛如许,
离江犹感逢。
恍然春又至,
能不忆萍踪?

2011 年春节

注:同学许江萍,时任《中国科技投资》杂志社社长、国家发改委产业经济研究所研究员,与笔者颇有学术交集。

赠李万寿同学

（藏字）

龙年行贺令，
桃李寄风情。
立万扬名事，
南山比寿龄。

2012年1月23日

注：同学李万寿，为西安交通大学管理学及中国社科院经济学双科博士，时任深圳创新投资集团公司（深创投）总裁，后辞职再行创业。

母校百廿周年校庆

母校多盛事，
躬逢两甲子。
精耕三秦地，
硕果天下知。
西迁志未竟，
再行亦从兹。
鸿图指何处，
新港创建时。①

2016年4月9日于西安交通大学

注：①时逢西安交通大学规划建设宏大"西部创新港"新校区。

赞建国兄校庆雄赋

激扬天下句,勒石有雄风。①
历数沧桑事,堪为校史铭。
先贤应无恙,当知后世评。
大吕黄钟力,其鸣透三秦。
瞻宫兴庆侧,桃李竞纷呈。②
百廿周年志,旷古可传情。

2016年4月10日于西安交通大学

注:①建国兄为母校校庆作赋,被勒石置于校园以供瞻观。②母校坐落于兴庆宫古遗址之侧。

读丘成桐"数理与人文"论有感

文纤为索隐，
据理巧沟沉。
此处通虚岸，
悠然见渡身。

2017 年 7 月 26 日于北京

贺曹宇同学《图手创意》专著出版

掌上乾坤大，
屏中岁月长。
倘求奇妙处，
尽可问曹郎。

2017 年 9 月 13 日

注：曹宇为笔者赴英进修同学，早年为深圳市文化局处长，后任深圳出版集团副总、副书记。其多才多艺，并作为手机"图手创意"的原创者引业界关注。

谢友赠吾舍外照

月上紫烟寮，
闲翁始晚宵。
茗香宜唤友，
书贵可藏娇。
室陋含别韵，
墙工古意邀。
犹约清秋日，
把盏解琴绡。

2020 年 11 月 20 日

附邓孟忠原诗：

酬晓帆致谢诗

塞外传飞雪，
江南挂雨虹。
月明千里共，
清景四时同。
小阁闻三弄，
紫烟笑汉宫。
几回相把盏，
羡煞竹林公。

邓孟忠 2020 年 11 月 21 日于深圳

闻西方公司抵制新疆棉花

真相常独立，
旁观岂自同。
寻疵无善意，
非礼拒相从。
尚期中华运，
关隘余几重？
堪为长安计，
登高送远鸿。

2021 年 3 月 23 日

见创同兄遥赠其少年照

少年云上风，
豪气追放翁。
海山行万里，
犹记旧庭蓬。

2021 年 6 月 20 日

陪家小上网课

疫情舞蹁跹，日读进云间。
常思鸿鹄至，听课凝神难。
未惧看守者，敢偷网上闲。
偶尔入小睡，唤起几嗔言。
为父盯稍懈，母斥已厉颜。
再听鸡汤语，情自不胜烦。
事出非体己，知此实难全。
何期返常态，尽早归校园？

2022年4月6日

赠妻生日小札

何物奉良辰,
从心堪自珍。
缘来求典路,
回首抚前尘。

2023 年 4 月 13 日

词部

西江月·步李音《话离别》原韵复

相聚长安谁料，韶华十度难邀。
寒秋未问几多遥，焉论孤宅静好？

多少烟雨去了，忽将离绪勾消。
不输昨忆桂枝娇，更觉伊心未老。

2006年4月13日于深圳

附李音词：

西江月·话离别

四月春情未料，故土得见相邀。
容妆只为君行遥，人意花枝都好。

犹叹朝夕去了，只怜归路难消。
如今不见翠之娇，别去青风已老。

李音2006年4月13日于西安

好事近·步李音《长安寄语》原韵复

冬去春光临,闻罢丁香不素。
与坠青风悄处,看花蝶间续。

无歌休盏酒未阑,孤影当何驻?
古典与今堪比,唯添香红袖。

2008 年 2 月初于深圳

附李音词：

好事近·长安寄语

雪罢岁将临，窗外疏红还素。
行至春寒残处，看梅竹相续。

无言停盏酒未阑，回榻眠孤驻。
此稔何年堪比，更一香盈袖。

李音 2008 年 2 月初于西安

东风第一枝·和洪博词

花甲渐逢,多添华发,不怜时光轻度。
北辞早下南疆,情归终知何处。
青狂时节,系偶像、红心皆注。
往昔路、继为农工,几曲踏尘挥去。

浑难脱、书生气度,谁只羡、朱门千户。
愧临兰舍清斋,难比竹贤吟句。
同行万里,驰平野、河山羁旅。
更兼有、老酒清茶,化了此生愁妒。

2013 年 5 月下旬

附陈洪博词：

东风第一枝·六十生日感怀

花甲一周，鬓生白发，年华可曾虚度。
北国辗转南疆，足迹终归何处。
年少时节，读英烈、心中暗慕。
虽未曾、金戈铁马，也伴风雨一路。

今朝可、寻章摘句，明日寻、花团锦簇。
惟愿埋首书斋，情倾文章辞赋。
再行万里，河山峻、春色满目。
待走过、三山五岳，此生不须人妒。

陈洪博作于 2012 年 2 月

注：朋友陈洪博，原深圳市经济体制改革办公室同事，后任深圳市国有资产监督管理委员会副主任，从深圳市投资控股公司董事长职退休。

清平乐·登峨眉山

巴川动起,却是来无季。①
登顶峨嵋心早系,更有妻囡相济。②

偕行一路轻歌,回首阶陡成坡。
指看山林深处,黄昏尽赏芳罗。

2017年8月中旬于成都

注:①时逢四川阿坝地区发生地震,峨嵋山有震感。②与妻女三人同行。

鹧鸪天·依韵和友赠曹宇同学

岂问天国酒府人，何居南岭弄诗文。
英伦每忆同窗事，闻罢厨香欲断魂。①

才子意，更辛勤，直将掌物化缤纷。
寸方一经君指点，便引情怀到酒醇。②

2017 年 9 月 15 日

注：①赴英国进修期间，曹宇同学厨艺高超且乐为小组主厨。②指曹宇以手机为工具的"图手创意"（新著），可学可发挥。

菩萨蛮·和友跨洲行词

遥辞南粤三千里,时光变幻来无际。
跨海问春秋,行踪忆旧游。

谁能从岁月,追唱关三叠?
舷外亲浮云,天涯惜远邻。

2017 年 10 月 31 日

浪淘沙令·和友《南飞基督城》词

秋去沐春风,指点苍穹。
流芳堪比色宜浓。
万里南行巡天看,水复云重。

岁月暖寒同,最是无穷。
常随往事付千盅。
异域风情欣点缀,共享从容。

2017 年 11 月 1 日

望江南·和友人《故乡游》词

山水好,能不忆乡游?
无尽春光织锦绣,一隅天下竞风流。
何必觅瀛洲。

昔日事,酌酒意难休。
别了少年嬉闹处,再解风物异貂裘。
忘却世间愁。

2018年2月

浪淘沙令·中美贸易战观感

好梦岂安然,春意纠缠。
星河斗转非瞬间。
剑走偏锋都是客,谁舞蹁跹。

不妨遇风寒,先赊酒钱。
兵马再遣上云端。
未散硝烟问唐使,何日豪旋。

2018年3月14日

无牌令·冬至见春意

仲冬春意早,塘间荷知晓。
仍为落花时令,何来满目尖尖角。
岂止浮萍,还见沉泥根绕。

万物非逍遥,阴晴总变老。
莫叹残叶褪去,一片柔情如烟渺。
待来年,犹盼芳容更俏。

2018年12月22日于深圳麒麟山

鹧鸪天·赞两同学

祖上源流出义门,曾经赵宋妒其闻。①
英才辈继行天下,近数同窗夸二陈。②

熬夙夜,受馈珍。居功无愧到良辰。
长听虎啸有时竟,酬却江湖慰故人。

2018 年 12 月 30 日

注:①此处取"江西义门陈"历代人才辈出,当年功业惊动赵宋朝廷之典。②出国进修归来后,陈彪同学历任深圳市发展改革委员会主任、副市长;陈长源同学辞国企领导职务,自主创业且有成效。

鹧鸪天·依韵和友《香港骚乱有感》词

港岛风来惊乍闻,始觉国祚几蒙尘。
百年交割疼痒处,焉问轻薄遮面人。

经脉共,在水邻,两栖不负同乾坤。
黑手迷青岂有道,能阻紫荆复还春?

2019 年 8 月 10 日

菩萨蛮·观《流浪地球》和友词

寰球渡劫缘如许,寻星此去伤心遇。
岂问太空人,路遥早可闻。

朵眸何灿烂,信有须眉伴。
前程旅匆匆,至忧告乃翁。

2019年2月13日

渔家傲·和友人词

令授铭章稀客至，稍酬老父生平志。①
小女登堂舒砚纸。
无前例，夸说大典声威起。②

回首长离秦陇地，不辞南粤春秋季。
每候音鸿心暗系。
几番意，豪情结伴巡天际。

2019 年 10 月 2 日

注：①老父年逾九旬居家深圳，于70年国庆之际，受赠国家颁发并由专人专程送达的纪念铭章。②见首都国庆大阅兵及群众大游行气势不凡。

南歌子·步友韵和武汉抗疫词

苦雨翻新绿,危时靖疫空。

龙泉直落扫疑凶。

为解黎元祈盼,畅东风。

待褪寒霜尽,通衢依旧雄。

相辞惊蛰九州同。

远看烽烟起处,祭长虹。

2020 年 3 月 4 日

鹧鸪天·游荔枝公园

缕缕秋风如画中,内城湖岸仍葱茏。
小桥方觉涟漪浅,高厦远望渐曈曚。

鸟啾啾,听蛙声,留香花意未消溶。
几叶扁舟谁与似,疑是收棹修莲翁。

2020年9月13日深圳荔枝公园即景

南乡子·和友人《春雨》词

夜雨续辰光，风骤枝摇几度狂。
去岁家园多愁绪，无常。
提笔何难言国殇。

桃符又翻章，巷陌千家时令忙。
海晏河清留期许，何妨。
春水长流情未央。

2021 年 2 月 10 日

鹧鸪天·次韵和同学"致老胡"词

诗意仙居山水间，气冲瑜伽早通关。
俗夫难做门前客，清酒方陪老友顽。

青墨里，有庭闲，桑榆晚景更斑斓。
笑谈陶令风流事，道是无缘却有缘。

2021 年 6 月 30 日

破阵子·观米开朗基罗画展并和友

巨匠谁言逝去,复兴文艺原容。
世纪初开非寂寞,禁果何甘诱早逢。
洪荒启智风。

早谒天堂地狱,又陪祭殿沽翁。
苦海方舟堪自重,漫道先知剩血浓。
重阳觅大同。①

2021年10月13日

注:①观意大利文艺复兴三杰之一米开朗基罗画作深圳巡回展,时逢辛丑年重阳节。

自度曲·致立新同学

望岭南，三江近枯似急玄。
六十载不遇，唯见旱情鲜。
风波未惊梁园，童稚嬉庭前。
焉知身后事多难。
暂消愁，赖君等绸缪，
不使百姓竟欠安。
持令将军，朝乾夕惕，
治功岂为唐捐。
何处觅，水无形，滋藏万物，
更留大好河山。

2021 年 12 月 28 日

注：王立新，笔者出国进修同学，毕业于清华大学水利系，工学博士。其于 2020 年年初，从深圳市副市长临急调任广东省水利厅厅长，为省内治水减灾、环境保护事业倾注了心力。

苏幕遮·和友人端午词

九歌行，天问记。
百代诗魂，竟白汨罗意。
沉寂谁闻家国泪。
堪拒鱼虫，忍任吞前昧？

早贤心，山海庇。
端午情深，直向龙舟寄。
除却妖氛何与畏。
平野星垂，胜似英豪醉。

壬寅年端午

临江仙·壬寅年八月感时作

寅虎依稀漫步，乌东浴火何殇。
西来图患几更张？
疫情期落地，早忍待归香。

局变方求自省，由时当为行藏。
山河不负守良乡。
烟消樽举处，正欲觅华章。

2022 年 9 月 1 日

十六字令·阳了歌

（三首）

阳，
不到神疲不卧床。
从医嘱，盐水可担当。

阳，
出户难行意正惶。
听门叩，老友送果粮。

阳，
谁可轻松染且殇，
长思量，人类渡劫忙。

壬寅年冬至

无牌令·读孟忠友旅行诗

时光渡,惟遗古今路。
引来吟者竟无数。
何人不倦,
拂纤纤往尘尝词趣。

君情助,岂嫌杏园妒。
拍遍春阙为孤注。
谁家当许,
伴微微晚醺将诗驻。

2022 年 3 月 21 日

渔家傲·酬和邓刘两同学

岂伴秋风谐曲少,东窗剑气知辞巧。注我六经天下小。同林鸟,精卫啼罢终来俏。

禅意何时逢论道,暗香曾济无言妙。晚景桑榆谁觉渺?君行早,尽随旧事千盅了。

2023 年 8 月 30 日

联对部

※诗友对四十五副※

（一）

阅尽繁花诗意在，
填得冷阙雅风存。

（二）

悟道参禅，澹泊名利红尘远。
养心入世，缱绻江湖白发轻。

（三）

山高偶遇无情路，
蓬陋偏栖有意翁。

（四）

东江升明月，
南岭聚芳菲。

（五）

闲卧轻舟醉，
聊抚远客愁。

（六）

触景生伤叹，
举樽取笑谭。

（七）

岁岁春光常有限，
滔滔川流早无垠。

（八）

江河湖海汇沧海，
榉柳桂枝栖楝楼。

（九）

西风瘦马夕阳道，
红袖佳肴夜宴人。

（十）

满腹珠玑难换酒，
一球红绣喜逢头。

（十一）

网住一片晴朗享平世，
群发千丝悲欣寻友乡。

（十二）

前路苍茫愁日暮，
后庭氤氲拜月迟。

(十三)

阳光照大地，
碧水涵中天。

(十四)

霓裳飘久远，
水袖舞平安。

(十五)

听琴忘却前溪碧，
信步迎归早苑春。

(十六)

冬若无雪梅逊色，
山须有仙气通灵。

(十七)

无瑕人品清如玉，
有节高风靓似金。

(十八)

莫言路遥余秋雨，
曾巩师道黄庭坚。①

注：①曾巩、陈师道、黄庭坚均为北宋诗人。

（十九）

海真无意百川汇，
心贵有恒一言衷。

（二十）

看尽枯荣多少事，
抚平胜负几番心。

（二十一）

烟锁池塘树，
烽销洞垣楼。

（二十二）

一缕清香轻入梦，
几频眷顾暂别尘。

（二十三）

绽放雄风韵，
倾存剑胆情。

（二十四）

东风作画先勾柳，
赤壁烧曹少怨船。

(二十五)

诗香染笔抒景秀,
巷窄拾阶觅乡愁。

(二十六)

竹叶四时绿,
潮汐一夜归。

(二十七)

一叶孤舟凌水去,
几行阵雁诩春来。

（二十八）

行云步水清风抱，
备砚收觥锦瑟伺。

（二十九）

新酒未醺诗却醉，
黄钟失语瓦来鸣。

（三十）

不许春风翻旧帐，
谁允苦雨洒豪庭。

(三十一)

山间竹笋，大小都要冒尖，
水里莲根，冬春皆须沉底。

(三十二)

雨洒田园千叶泪，
魂牵故土一坛香。

(三十三)

泼墨画山水，
举樽揖晚亭。

(三十四)

云汉秋高,凉生乞巧。
曲江烟淼,蓬起妖娆。

(三十五)

天上幽期,人间乞巧。
缘中际会,世外逍遥。

(三十六)

乘逢七夕求想娶,
才系八斗不遗孤。

(三十七)

望天空月上树梢,
听涛夜舟泊洞桥。

(三十八)

漫漫黄沙送落日,
丝丝暮雨屯秋台。

(三十九)

燕剪湖边柳,
鱼翔瀑下潭。

(四十)

树下吟诗,灯火作伴。
江边却步,琴书随身。

(四十一)

雨久荷花密,
情长月夜疏。

(四十二)

信步闲庭闻鸟语,
负笈野渡见晨曦。

(四十三)

鸟去鸟归鸟有声
花开花落花无形

(四十四)

月映池塘荷叶嫩，
暮登楼台琴弦真。

(四十五)

云卷千峰色，
花留一岸香。

注：以上各联，皆由诸诗友（识于《今日头条》诗词栏目）出上句，下句由笔者忝对。创作自2021年年初至2023年8月，按时间先后排列。

※挽联五题六副※

挽王斌同学

(二副)

(一)

负笈望京地,挟书生意气。
寒窗掩卷,群贤毕至,数度春秋,
方得大师许。①

纵横入农口,创淄博基金。
山丹牧马,渔林兼及,几番风雨,
岂缓壮士行。②

注:同学王斌,因公出国期间遇突发事故不幸逝世。①其曾于20世纪80年代在中国社科院研究生院经济系(所)求学,导师为巫宝三先生。②其在央企中农信、中农发任职高层期间颇有佳绩。

（二）①

不负才学，不负同侪，不负时代。
一生坦求，尝以豪情临冷暖。

有愧身心，有愧眷属，有愧天年。
三秋哀问，何将遗爱付前缘。

2018 年 8 月 29 日　于北京八宝山

注：①该联与刘琦斌同学共笔。

挽楼晓云同学

东阳人杰，沐少年烟火，
熬夙夜刀功，早负身勤离乡苦。

京沪学子，归故土桑田，
馈平生丹血，何堪耳顺逝友愁。

2021年2月末于杭州，偕与曹忠同学作

注：同学楼晓云（浙江省农牧渔业厅原二级巡视员），因罹患癌症不幸去世。晓云浙江东阳人，少时平寒，曾以木匠手艺四处谋生，凭工余苦读考入复旦大学历史系，继因学业优异被保送中国社科院经济所经济思想史研究生，遂有同窗之遇。

挽曹叠云博士

忍见谁为云劫，
多求勤奋，早有一骑不卸鞍。

焉知自是博望，
寡问暖寒，未到子时竟烧曹。

2022 年 11 月 23 日于深圳沙湾

注：校友曹叠云，中国社科院法学所博士研究生毕业，为新中国第一位立法学博士。在深圳市政府部门和律师事务所工作期间，与笔者颇有交集。其未至天年而病逝，可惜可叹。

挽项继权教授

哭六秩雄才，天涯负笈，
华夏魄系，苦求乡梓治方遗终点。

仰一代师友，河山论剑，
杏坛情殷，悲引君子仪范到同侪。

2023 年 5 月 29 日于武汉

注：学者项继权，华中师范大学政治学、社会学教授，博士生导师，人品文章于学界皆有口碑。遵嘱与朋友安徽大学孔德继博士共笔同挽。

挽黄永玉先生

苦难人生，持平常心临世界。
看烟雨起处，过来者曾谆谆言勿"左"。

活脱妙笔，以大写意摹丹青。
念兔猴封峦，老顽童已九九认归"一"。

2023 年 6 月 15 日于深圳

注：黄永玉先生，中央美术学院教授，曾任中央美院版画系主任、中国美术家协会副主席。作为中国画坛大师，他是中国生肖邮票开山之人，被称为"猴票之父"。今年"兔票"则为先生封山之作，也成其 99 寿年绝笔。

※伉俪对六副※

（一）

两人坐土上两边，（李音出）
孤手抻口中孤线。（晓帆对）

（二）

命里有因终须有，（李音出）
缘中无果毕竟无。（晓帆对）

（三）

我知音知我，（晓帆出）
蝶恋花恋蝶。（李音对）

(四)

作我此对，
抖落一地甜蜜鸡皮疙瘩。（李音出）

管它咋想，
挥斥几番矫情猫步蹉跎。（晓帆对）

(五)

音问不疏，
携来南北雨雪，
隔空两地知字贵。（晓帆出）

帆行无恙，
挥去山海风尘，
在水一方道情长。（李音对）

（六）

春上梢头，
朵朵东风催桃李。（李音出）

夜行圩畔，
声声爆竹候佳音。（晓帆对）

注：以上联对作于 2007 年至 2012 年间。

※自题感事联八副※

（一）因果自种（横批）

天雨可济，岂浇缺根之草。
法海无涯，遑渡过妄之人。

（二）道法自然（横批）

无妄即行，放下忧心归真蔽。
大隐如是，拿起扫帚成禅宗。

（三）事缓则圆（横批）

浅澈如溪流，稍有浪花焉上岸。
凹凸似柱立，唯缺梯阶怎登天。

(四)知足常乐(横批)

长河万里,足取一瓢可长饮。
广厦千间,欲求多栖难久安。

(五)题赠友邻

陋室不言天下小,
德邻焉问江湖孤。

(六)对王勃句

穷且益坚,不坠青云之志。
达则相济,兼修性命之门。

（七）欣见大西北治沙成效

沙坡头，荒丘畔，
已叹卅载勤种成绿带。
腾格里，戈壁滩，
忽惊一朝美妆秀光伏。

（八）重访西安交大校园题记

先忧不忧，早持琴心剑胆，岂以位逊。
后乐当乐，迟抚桑梓田园，必由情稠。

注：以上自拟联八副，作于2013年初至2023年8月间。

跋

眼前这本诗词集，主要结成以我近年作品。其涵盖律、绝、词曲、联对等项类不一而足，蔚成二百首余。除含少许旧作，是为不舍而修订重版外，绝大部分均为新作近作。读者诸君若予浏览，当不难看出，这些作品以感时格物为主，意在纷呈家里家外情与事，臧否世间是与非。即便咏景之作，亦勾连"断舍离"之人生况味，而不仅赏于风花雪月。

白驹过隙，终化前尘。忝为近作，乃以重笔纪实"壬寅年"前后家国之遇。于国而言，远有地缘政治冲突和经贸"制裁"波及，近有疫情肆虐、经济下行的负面影响。于家而言，陪见老父于壬寅年末（腊月十二日凌晨）逝去，而火化当日恰逢其九十六岁生辰。当时组织上专程来人慰办并致悼词。而凡此种种，即近年家园所见，烟雨所感，均被笔者吟示于诗词之中，所幸大部分经审而得以付梓。

描写曾经的人和事，也许可为本书特色。除了写及公众人物和家人，我更多是被一些师友、同学、同仁的志趣、佳绩和善行所打动，进而诉之笔端。对于他们，我常怀感恩之心。

在拙作出版之际，要感谢我夫人李音。这不仅因为她诗词上与我早有互动，且部分辑于此书。也因她擅长写传记文学受到赞誉，更因她平日知性达观，本职工作优秀。由此，也促使我写作不怠，调适身心，聊以充实退休生活。

另需感谢孟建国先生。作为大学同窗，与其相识相交近五十年。其道德风范、诗文造诣，曾使我受益匪浅。我前一诗集《紫烟寮诗笺》出版时，曾蒙其溢美作序。此番又为我新诗集题名题词，其书法笔力当为拙作增辉。

还要感谢张平生先生。其作为诗词大家，早已慨允为本书作序，后因要作丛书总序而不宜另行。对此，虽有遗珠微憾，然而其以往的抬爱已足使我感念。

谨此为跋。

李晓帆

2023 年 9 月 5 日　于深圳紫烟寮